句集

羽化

結城節子

文學の森

序――羽化のあと

結城節子さんのはじめての句集『羽化』が出版された。大変うれしい。実は、彼女がわれわれの俳誌「炎環」にはじめて登場したときは、彗星のごとく現れたという印象だった。が、それまでに彼女はかなりの俳歴があった、ということが後で分かった。そのことはいずれ触れるとして、第二章「羽化」の冒頭に、

羽化といふあやふき時間白牡丹

の一句がある。題名はこれに由来している。昆虫が羽化するのは、本当にあやうい数時間の経過があるが、下五に「白牡丹」を配されてみると、

ますますその時間が不思議さをひろげてくる。俳句は季語によって小宇宙を奏で生きる文学なのである。

この句が示すように、結城さんの句の季語の使い方は、どのひとつをとっても絶妙な季感の支配があり、いわゆる季語が動かない。このことひとつをみても、いかに結城さんがこれまで季語をおろそかにせず、季語というものに没頭して学んできたかがよく分かるであろう。

第三章は「稲の花」。その二十句目に、

みちのくは今もみちのく稲の花

がみえる。この句は結城さんにとっても、とりわけ思い出深い句になったであろうと思われる。

というのは、第十九回「毎日俳句大賞」（二〇一五年度）の大賞の受賞作品である。二人の選者がこの作品を一位に推したが、とりわけこれを強く推した大峯あきら氏は、「津波と原発事故は大きな災害と悲しみをもたらしたが、みちのくがみちのくであることには何ひとつ変わりはしない。稲は今年も頼もしく花をつけた。みちのくの深層を詠んだ秀句」と評している。その他、鍵和田秞子氏も小生もこの句を秀逸・佳作に選んでいる。

この句は「みちのく」のリフレーンもいいが、何といっても下五に据えられた「稲の花」で生きた。

日本は瑞穂の国である。古くから稲作を中心とした季節の言葉は沢山あるが、中でも稲の花は大切なもののひとつである。花は初秋、茎の頂に立った穂にぽつぽつとつき、一見地味で小さいが、ひとつひとつを凝視すると水田の穂のすべてに、垂れ下がった葯《やく》が白く風に吹かれているさまが見える。それは実に美しいものである。開花は好天の午前中に限られ、その前後の天候で稔りの良し悪しが決まるので、農家では肥料を撒いたりしながらいろいろに気をもむもの。

桜の花が散ったり、雪が消えたりするのを惜しむという心境も、桜や雪を稲の花のシンボルと考え、その散り方、消え方でその年の稔りの豊凶を占った民俗生活の積み重ねが背景にあるからである。また、稲作に関する農耕儀礼が多くの芸能を生み出し、各地にさまざまな神事や民俗芸能として伝承されていることを思うとき、稲の花がいかにわれわれ日本人の生活に大きな影響を及ぼしてきたかがよく窺われよう。

結城さんの句は、そんな背景のすべてを含んでいる「稲の花」を下五に据えて、「みちのく」そのものを語っているのである。

この句は、いつどんなときに出来たのであろうか。作者の弁があるので少し紹介しておこう。

二年前の夏、福島へ吟行に行き、心に浮んだ思いを詠んだ一句です。芭蕉の足跡をたどり、岩谷観音、文知摺観音、大鳥城址、医王寺などを巡りました。大鳥城址に据えられていた線量計の高さに驚き、あちらこちらで除染中の場面に出会い、剝ぎ取られた土の入った黒い袋が裏庭に積まれているのや、瓦礫を運ぶダンプカーが行き交うのを見ました。中でも、文知摺石と観音堂が除染されている最中に行き会ったときには、胸が詰まる思いがしました。いつも、みちのくへの思いは心の底に持ち続けています。これからも日常の暮らしや旅の中で小さな感動を掬い取って、俳句にしていきたいと思っています。

いま、みちのくで思い出したが、『羽化』の中にはみちのくの句が他にもいくつかある。

阿弓流為《アテルイ》の魂さまよへり薪能

の一句を見つけた。この句は確か、中尊寺の薪能を観に一緒に吟行した折の一句だったと思う。「阿弖流為」は平安初期、北上川流域を支配した蝦夷の族長。七八九年大和朝廷の軍を破ったが、八〇二年征夷大将軍の坂上田村麻呂に降り、河内国杜山で斬殺された。

結城さんは薪能を観ながら、その悲劇の武将を思い起こしていたのである。その晩の句会で、確か私の特選だったと記憶するが……。この句をはじめ、集中にはみちのくの句がいくつかあり、その他にもいろいろな地へ共に旅した句が散見される。

梅祀る駅に点字の手擦れかな
稲の香やずんと地熱の万治佛
白花曼珠沙華少年の名は鹿麻知《かまち》
修二会の火水のごとくに流れけり
天城路の青きふところ花山葵
通し鴨おくのほそ道矢立の地
鬼太鼓の鬼の面より汗飛ばす
御柱ふつと傾く炎暑かな

など、すべて一句一句になつかしい思い出が蘇ってくる。

さて、そもそも結城さんが俳句を作り始めたのは、四十歳代の後半から東京都の教職員文化部の「欅俳句会」に、曽根新五郎さんに誘われて参加したことからである。その後、黒田杏子氏主宰の「藍生」に投句したが、仕事と子育てに追われて月一回の投句のみで、ただ細々と句を続けていたらしい。そのうち、月一回の鍛錬吟行会にも参加するようになり、俳句に次第に熱中し、「藍生」新人会の桜一〇〇句、月一〇〇句、紅葉・虫一〇〇句をつくる会に三年間参加。これが大変な刺激になり、大いに勉強になったようである。

教職員として現役の時期は、学級の子どもたちと季節ごとに俳句をつくる授業もし、みんなにも句会体験をさせ、俳句をつくる楽しさを共に学ばせながら、子ども俳句を炎天寺俳句大会などへも投句させたという。集中にも、教員としての現場での句を目にすることが出来る。

採点の職員室のさくら餅
女教師の机にひとつ紙雛
巫女になる教へ子ひとり星祭
入学おめでたうももいろの体育館
白日傘たたみ母校の門へ入り
小鳥来る転校生の空き机

さらに二〇〇四年、結城さんはわれわれの「炎環」に入会し、「抱卵」により第九回炎環賞を受賞した。持ち前の努力とその俳句的技法により、たちまち「梨花集」（「炎環」同人）に推薦され、各地の句会のひとつ「炎環」石神井句会の中心メンバーとなり、いまも活躍を続けている。

結城さんの句集を一読して、語りたいことは山ほどある。例えば、数を句の中に入れ込んだ巧みな技法、リフレーンのリズムの爽快感、漢字・仮名文字のバランスのよさ……。これら表現技法のことはもちろん、内容的にも父母を詠まれた句に寄せる熱き思い、特に小生が日頃からいつも口にしている、人間の生死にふれたこころの微妙な動き、また現代的観点から切り込んだ視点の鋭さなどなど。もっといろいろ多くのことに触れたかったが、それらのひとつひとつについては、入集の一句一句を読者の素直な目で読んでいただければよく分かるので、あとはもう省略することにしよう。

最後に、気になることがある。

春の雪病床といふ白きもの

眠りより覚め月光の手術台

など、最近、病気をされた句がいくつか目につく。『羽化』を出版されたあと、結城さんの句がこれからどう変化していくのか、確と見届けたい小生としては、もっと健康に留意されて、大きく脱皮していく姿を見たい。そういう思いで胸が一杯である。

二〇一六年　梅雨明けの日に

石　寒太

羽化＊目次

装丁　杉山葉子

句集 羽化

Ⅰ 抱卵

やはらかく犬を呼ぶこゑ梅の花

人を待ちつつ紅梅へ白梅へ

梅祀る駅に点字の手擦れかな

戸の開いて人のこゑする梅の花

覚めやすき魚の眠りや薄氷

白樺の肌の白増す雪解風

風光る石の重しの梅花地図

地震ひとつ二つ三つ四つ鳥帰る

不明者の死者に変はりし雪間草

すこしづつ体内被曝梅ひらく

春の雪病床といふ白きもの
春雪に置くカナリアの逃げし籠

初蝶の黄を見失ふ異人墓地

シーソーの一人は沈み雪やなぎ

別々に同じところへ残る鴨

背中より淋しくなりし日永かな

保健室の混みあふ真昼ヒヤシンス

まだ固き朝の関節雪やなぎ

こゑかけてしばらく開かぬ春障子

三分でできる合鍵春の昼

一輪の遅れてひらき二輪草

盲人の土筆に触れてゐたりけり

オーロラを見て来し人と青き踏む

ふらここの揺れにまかせて職持たず

テレピン油匂ふ北窓開きけり

採点の職員室のさくら餅

女教師の机にひとつ紙雛

春昼やシュークリームの爆発す

縄文の屈葬の抱く花の種

神いつも光でありし初蝶来

一本の花の胎動はじまれり
濡れてゐる眼にさくらさくらかな

一粒一粒一語一語やさくらの芽

落花つけ野鳥観察指導員

滾る湯をりんと汲みたる夜の朧

二階より降りて水飲む朧かな

原子炉を探るロボットさくら冷

瞳孔をひらく目薬花菜風

チューリップひらく整体治療院

入学おめでたうももいろの体育館

すぐそこに富士ある暮らし豆の花

あをあをと夜の来たりし樺の花

しんしんと鶴の抱卵春の月

Ⅱ 羽化

羽化といふあやふき時間白牡丹

白牡丹活けるピアノを売りし部屋

はつなつの押印白紙委任状
受付の椅子の退屈花は葉に

鬱々と白き花降る五月かな

白薔薇忘るるためにそねみをり

嘴の水したたれる新樹かな

髪切りし少年青き祭来る

七歳のいまだ神の子祭髪

阿《ア》弖《テ》流《ル》為《イ》の魂さまよへり薪能

青葉風からだあとからついてくる

夫とゐて父あるごとし更衣

蛇いちご子は傷口を見せに来し

少年の指に親しき夏蚕かな

夕闇を近づけて来し螢籠

伊那谷の雨やはらかし草螢

握る手のあをき静脈螢の夜

アイロンもアイロン台も梅雨入りかな

血液型のＲＨマイナス青葉木菟

青梅の青の極みに逝かれけり

獣舎よりあをすぢあげは黒揚羽

跳び散つてすぐに平らやあめんぼう

牛蛙答へるやうに問ふやうに

産土のねぢれ始めし捩れ花

胃カメラの待合室の目高かな

半夏生眠り足らねば病む如し

マトリョーシカの入れ子の三つ青葉寒

迷ひなきしづけさにあり蟻の列

歌ひたときには歌ひアマリリス
アマリリス通夜の短き会話かな

合歓の花生後七日のパンダの死

黒板にチョークの湿り南吹く

黒南風や少女の抱く募金箱

方舟にわたし乗れざり麦茶汲む

曝書して過去を明るくしてゐたり

日曜学校神父の開けし冷蔵庫

信じるにイエスは若し星涼し

白日傘たたみ母校の門へ入り

日盛りや生家の庭に猫の墓

蟬の穴百の眼の揃ひたる

かたはらにたましひのあり蟬の殼

ポケットに乾いてゐたる落し文

死者の名に手紙の届く晩夏かな

Ⅲ　稲の花

八月の校舎の長き廊下かな

消毒の吊り革広島忌前夜

初秋や犬抱いて乗る体重計

場所かへてまた眠る犬鳳仙花

パンプキン山と積み上げ野の市場

かなかなやふつと手首をつかまれし

しづかなるこゑそばにあり白芙蓉

白芙蓉こぼさぬやうに水運び

白芙蓉病まねば狂ふかもしれず

マンマより言葉覚えし望の月

巫女になる教へ子ひとり星祭

水替へて花立ちあがる世阿弥の忌

山頂に神官のゐる秋薊

日赤が天守閣より見えて秋

海まては遠きみづうみ林火の忌

稲の香やずんと地熱の万治佛

網棚にほいと乗せたる踊笠

流し待つ坂の淋しき踊かな

笠深く二百十日の風鎮め

みちのくは今もみちのく稲の花

椅子に椅子重ねて白き休暇果つ

買ひ置きの水の日付の九月かな

ひと匙のドライイースト台風圏

ミシン踏む二百十日の風兆す

セザンヌの机傾く野分あと

秋つばめ机上に期日なき仕事

鶏頭の日溜り変声期ひとり

秋の蝶揺れゐるものによく止まり

鉦叩淋しくなれば鉦叩く

熱き湯を掻き回しをる良夜かな

月光や濡れたる髪のきしと鳴り

十六夜や逢はねば人の遠くなり

白花曼珠沙華少年の名は鹿麻知《かまち》

曼珠沙華銀の梯子を置き去りす

冷やかやコインロッカーコイン落つ

二時間の訪問介護きんもくせい

きんもくせい時給八百五十円
蓮の実の飛んで気ままな空のあり

蓮の実の空つぽ昏き夜来たる

いちじくの皮剝くやはらかき真昼

実むらさき癒えねば母を悲します

食前の短き祈り草の絮

啄木鳥のたしかに棲んでゐたる穴

哭くやうに嗤ふ阿羅漢小鳥来る

天上に余白ありけり蔦紅葉

Ⅳ　からまつ

からまつにからまつの雨ふゆはじめ

聖壇の白きらふそく冬来たる

雪ぼたるふつと力の抜けてゐし

雪ぼたる浅間鳥獣保護区域

小春日や名前呼ばるるまでの椅子

ワクチンの針刺されゐる小春かな

豚の脚吊るして売られ神無月

一音の躓くピアノ神の旅

朝ご飯ゆつくり勤労感謝の日

海側に座る江ノ電冬うらら

冬薔薇海のにほひの混じりたる
うつくしき棘立ちあがる冬薔薇

短日の水の動けるひかりかな

生きもののの眼のふたつ暮早し

枯野星ひとりになりて見ゆるもの
ふくろふの飼はれて人を見つめをり

ふくろふの啼きまねをしてふり向かす

冬青空半音あがるとき哀し

冬三日月遊びたりたる眠りかな

父逝きし方の北窓塞ぎけり

もてなしの大榾の火のやはらかし

榾の火の榾に移りし夜の黙

雪の朝キリトリセンを切る鋏

くさめして『人間失格』最終章

淋しくて淋しくなくて冬ざくら

明け方の夢の出口よ冬ざくら

瞬けば星の生まれし冬木かな

飛びたてるものの光や冬木の芽

枯蔓を引いて明日の予定なし

十二月南へ売られゆくピアノ

頭上よりパイプオルガン十二月

シャガールの空飛ぶ男女冬の虹

占へばふくろふの首裏がへる

葱刻む鉄の扉の内に棲み

うがひより始まる日課風花す

風花や立てて運びしガラス板

一月やつぎつぎ開くパイプ椅子

こぼれたる荒星ひとつ嬰生るる

生まれ来ていま寒暁のこゑあげし
てのひらのひらひらひらしたる初湯かな

ももいろの生後三日のくさめかな

風邪の子の目覚めてをりてまだ泣かず

新生児室へ大きなマスクかな

オルゴール開けば鳴りぬ冬銀河

海鳴りや皿にころがる寒卵

Ⅴ　レシピの湿り

あたためしレトルトカレー建国日

多喜二忌や炎のたたぬ火の熱し

デスマスクの長き睫毛や春の雪

新しき鍵のざらつく春の闇

小さき地震机にきたる余寒かな

薄給の身となりにけり櫻鯛

神の手の少しいたづら櫻東風

掃除機へ犬の吠えゐる日永かな

雛飾る母の結びし紐ほどき

死者の組む指の硬さよぼたん雪

雛より白きかほして逝き給ふ

連翹や棺に入るる感謝状

修二会の火水のごとくに流れけり

堂床の夜の湿りや修二会果つ

拾ひたる火屑のにほひ修二会果つ

魚の背の跳ねし光や涅槃西風

対岸の人の流るる柳の芽
咲くまへのさくらむずむずしてゐたり

明日ひらく櫻に満つる光かな

手を入れて広がる水輪さくらの芽

朝よりの宙の膨らむ初ざくら

やはらかき朝の湿りや花筵

父の座のひとつ空けあり花の天

白杖の指に冷たきさくらかな

さくらちるちる自衛官募集中

母の名に返事してをり花の昼

人逝くや落花の塵を増やしつつ

乾きたる死者のくちびる夕ざくら

散りぎはの息ひとつ継ぎ大櫻
哀しみのあふれてしだれざくらかな

ファックスに届く戒名夜の櫻

涅槃図へ散らしてみたき大櫻

一木の父の体温花霞

悼　句友

いつもより少し遠出の花行脚

地獄図の鬼の生き生き春の宵

初蝶やいま曼荼羅を抜けきたり

鳴り出づる青き銅鐸山おぼろ

堅香子や水あるところ画架を組み

菜の花の窓へ開きし朝刊紙

櫻蘂降る胞衣塚へ首塚へ

天城路の青きふところ花山葵

添へられしレシピの湿り生山葵

十二時の鐘鳴り渡る巣箱かな

Ⅵ　泉汲む

茉莉花の垣根や人の病みゐたる

夫の掌に触れぼうたんの崩れけり

ぼうたんを剪らず戻りし部屋の闇

リア王の幕の暗転濃紫陽花

待てば鳴るからくり時計さみだるる

左よりたたみし眼鏡梅雨の月

絵硝子のマリアの青衣梅雨晴間

通し鴨おくのほそ道矢立の地

オーブンの余熱の少し沖縄忌

托卵の大きな卵沖縄忌

蟻ひとつ殺めし指や皿洗ふ

茅花流し禽のかたちの軍用機

鬼太鼓の鬼の面より汗飛ばす

青林檎記憶戻りしメモ一片

夕立来る大きなナンの料理店

御柱曳きし擦りあと梅雨湿り

御柱ふつと傾く炎暑かな

山彦に負けし海彦青葡萄

寝返りのベッドの軋み茅舎の忌

病むといふ休息のあり泉汲む

朝のコーヒー熱し原発百日忌

啞蟬の亡骸すこし重たかり

みちのくの田水濁りし蛇の舌

五合庵辞すやこの世の草いきれ

はじまりの花火のひとつ水の色

革命のやうに人湧く大花火

地震の地の死者の天蓋大花火

夏炉焚く窓に掛けあるブーメラン

父の忌やゆふべの門に水を打ち

死海より戻りし水着洗ひをり

北スペイン　十六句

麦秋やサンティアゴを指す巡礼路

こふのとり輝々と巣立ちし空の紺

洞窟に牛の絵のある夏野かな

犬伏せて物乞ひに添ふ夕薄暑

魔女の人形けけと笑ひし夜店かな

罪祓ふやうにめまとひ払ひけり

大西日巡礼宿のシャワー室

身じろがぬ司祭六月の懺悔室

らふそくの祈りの列に蹤き涼し

さみだるる石の寝墓を踏みゆける

飲食の施しの列朱夏の門

異教徒に振られし香炉涼しかり

祈り解く大聖堂の片蔭り

髪洗ふ水の硬さの聖地かな

ピレネーを越えきし果ての日焼かな

炎天を来て「ゲルニカ」の喚きごゑ

操人形吊るさずに置く晩夏

Ⅶ　眠り

眠りより覚め月光の手術台

死なば泣く人の少しよ月の窓

月白や名札手首に新生児

動くものほのと見えたる無月かな

秋海棠閉ぢられてゐるにじり口

まなうらにさざなみのたつ秋の蝶

ひとつ石に写経一文字葉鶏頭

真夜中の国会中継獺祭忌

姨捨の月待つ闇の底にをり

邯鄲や盆地の底のきらきらす

目覚むれば地震目瞑れば曼珠沙華

人とゐてひと忘れをり曼珠沙華

みちのくへ万の献灯曼珠沙華

溶岩原へ大海原へ月のぼる

月のぼる全島日蓮一宗教

てのひらの豊かな窪み黒葡萄

秋澄めるデッサン室のされかうべ

花野来て花野に母を置き去りし

光るものばかり見てきし穴惑ひ

献灯の炎のゆらぎ秋の蛇

火山岩こつと踏みゆく薄原

光りあひ呼びあふ薄原深し

いろはもみぢ順路歩めば且つ散れり
蓑虫をつついて返事待ちゐたり

石叩遊びはじめの石叩く

末枯れてまたくれなゐの実を落とす

返信の宛先わが家小鳥来る

小鳥来る転校生の空き机

犇めけることの楽しきくわりんの実

犇めきて歪む途中よ榠樝の実

椎の実を見てゐてつひに拾ひけり

椎の実拾ふ我も縄文人の裔

無患子を拾ひ無患子ほど頑固

ポケットの木の実握りし喪中かな

木の実落つ言葉未然のひとりごと

紅葉冷えとんぷく薬の三日分

初鴨の向かうの水に来てをりぬ

紅葉明り雨の青空文庫かな

フラッシュの遅れて光る夕紅葉

聖壇の金のクルスよ鵙猛る

鵙の贄手脚たちまちちぢみけり

Ⅷ　寒月光

経糸をすべる緯糸初しぐれ

水低きところを流れ雪ぼたる

雪螢水の流れてゆく方へ
我が息にふつとことされ雪螢

遠くより鶴歩みくる小春かな

コーラン流るる十一月の拡声器

オムレツの仕上げケチャップ今朝の冬

神の留守猫にも少し認知症

檻の中ふいに目覚めし鷹の貌

白鳥に蹤く白鳥の水脈しづか

由布岳のどの道を来し虎落笛

黒玉子のつるりと剝けし枯木山

ひとつ問ひ二つ答へし冬ざくら

冬ざくら神に親しくなるやうな

戦争と戦のあはひ冬ざくら

目瞑れる闇のまんなか冬紅葉

新しき靴のなじまぬ落葉かな

冬木立向かうに街の動きをり

母の老いわたくしの老い三十三才
ポインセチア忘るるための唄ひとつ

子はすでに父に背かず一茶の忌

パソコンに日の当たりたる障子かな

いろいろの配線コードクリスマス
着膨れてマグロ解体ショーにをり

紙いちまい貼りて神の座初明り

大海に島の散らばる淑気かな

あらたまの湯船に赤子ふくらめり
寝積みてだれかれへなき喪のこころ

人日や嘘つくときの鼻うごく

芭蕉立机三十五歳竜の玉

竜の玉ひとつこぼれて父の亡し

深く吐き深く吸ひたる冬牡丹

履歴書の職歴ひとつ冬木の芽

母の家に鍵掛けてきし寒さかな

寒月光先に眠りしひとの息
重き雪踏み葬列に蹤きゆけり

立山の雪の深きに父を焼く

木の家に棲む人と犬冬あたたか

春隣スピード写真の固き椅子

探梅のひとりひとりの背中かな

神様に光輪のあり麦芽ぐむ

あとがき

ふとしたきっかけで俳句を始めて以来、遅々とした歩みでしたが、俳句を止めてしまおうと思ったことは一度もありませんでした。それは、日常の暮らしや非日常のなかで、揺さぶられた思いを表現したいというもどかしい気持ちが、俳句という器に出逢って満たされたからだと思います。

縁あって「炎環」主宰の石寒太先生にご指導を仰ぐことになり十二年、やっと句集を編むことになりました。

『羽化』は私の初めての句集です。句友との吟行旅行で生まれた句や、句会で主宰の選に入った句を主に、季節ごとにまとめました。

これまでの句を自選するなかで、多くの句を捨てることになりました。その作業を通して、今まで見えなかったものが、ほのかに見えてくるようになりました。手探りながら、一段一段階段を上って行くような感触がありました。

これも石寒太主宰をはじめ、たくさんの刺激を与えて下さった「炎環」の先輩や連衆、また超結社の「欅俳句会」の仲間など、句座を共にした人々に育てて頂いたお蔭と感謝いたしております。

石寒太先生にはお心のこもった序文を賜り、有難く感謝申し上げます。また、編集や装丁でお世話になった皆様、本当に有難うございました。

二〇一六年七月

結城節子

著者略歴

結城節子（ゆうき・せつこ）

1945年　京都市生まれ
2004年　俳句結社「炎環」入会、石寒太に師事
2005年　第９回炎環賞
2007年　「炎環」同人
2011年　合同句集『花冠』（炎環叢書シリーズ２）

現住所　〒178‐0061
東京都練馬区大泉学園町７丁目９番26号

句集 羽《う》化《か》

発　行　平成二十八年十月二十一日
著　者　結城節子
発行者　大山基利
発行所　株式会社　文學の森
〒一六九-〇〇七五
東京都新宿区高田馬場二-一-二　田島ビル八階
tel 03-5292-9188　fax 03-5292-9199
e-mail mori@bungak.com
ホームページ http://www.bungak.com
印刷・製本　竹田　登

ISBN978-4-86438-570-1　C0092